FACHVERLAG **F**RAUND

Impressum

1. Auflage 2021

© 2021 by Fachverlag Dr. Fraund GmbH
Alle Rechte vorbehalten.
Kein Teil des Werkes darf in irgendeiner Form
(durch Fotografie, Mikrofilm oder ein anderes
Verfahren) ohne schriftliche Genehmigung des
Verlages reproduziert oder unter Verwendung
elektronischer Systeme verarbeitet, vervielfältigt
oder verbreitet werden.

Druck und Bindung:
Kösel GmbH & Co. KG, Krugzell

ISBN 978-3-948-10203-6

Im Märzen der Bauer...

Georg Eurich & Michael Schupmann

Ich widme dieses Buch meinen Nachfahren.

Vielleicht kommt jemand in 70 Jahren auf die Idee einer Aktualisierung ?!

Mein Dank gilt Herrn Dr. Hans-Heinrich Reinhardt, der manchen guten Ratschlag beim Durchsehen des erst geplanten Buches und auch später gab und außerdem das Tor zum Eichhof öffnete.

Frau Dr. Anna Margaretha Mavick, die Leiterin des Landesbetriebs Landwirtschaft Hessen, Eichhof, Bad Hersfeld, hat mich freundlich aufgenommen und mir Zugang zu den verschiedenen Abteilungen ermöglicht.

Herr Klaus Wagner gab viele Tipps und Anregungen auf der Suche nach weiteren Möglichkeiten für Fotos, begleitet die Dauerausstellung im Eichhof und hat den sach- und fachkundigen Eingangsartikel geschrieben.

Allen Mitarbeitern des Eichhofs, die mit Freundlichkeit den fotografierenden Eindringling in ihren Arbeitsalltag erduldet haben, gilt mein Dank. Auch Familie Retting aus Raboldshausen im Kreis Hersfeld-Rotenburg war ausgesprochen behilflich beim Fotografieren und Recherchieren.

Frau Birgit Kummer aus Erfurt erlaubte die Verwendung ihres Textes anlässlich der Ausstellung der Fotografien von Georg Eurich im Haus Dacheröden in Erfurt. An die fünfzig Personen haben mir Zugang zu ihrer Arbeit gewährt; ihnen allen gilt mein herzlicher Dank, sie sind die Stars meiner Fotografien!

Die Bildrechte von Georg Eurich liegen bei seiner Familie.

Herr Prof. Claus Eurich hat mir uneigennützig die Veröffentlichung erlaubt. Die Bildrechte von meinen eigenen Fotografien liegen bei mir persönlich.

Ich danke auch dem Landwirtschaftsverlag Hessen und dem Fachverlag Dr. Fraund, insbesondere Herrn Benner und Frau Schwarz, aber auch allen anderen Mitarbeitern im Hintergrund, dass sie die Veröffentlichung des geplanten Projektes mit großem Engagement möglich gemacht haben.

Michael Schupmann

Bad Hersfeld, im Juni 2021

Eigenhändiger Lebenslauf Georg Eurich

Georg Eurich, An der Barteiswiese 4, 36341 Lauterbach

Georg Eurich, 25.07.1998   © M.S.

21.11.1920	geboren in Landenhausen/Kreis Lauterbach. Handwerkerfamilie. Volksschule in Landenhausen
1934 - 1939	Aufbauschule in Friedberg/Hessen (Oberschule für Jungen in Aufbauform) Internat. Abitur 1939
09.1939 - 07.1945	Heirat in Einbeck/Hannover mit Hertha Warnke, Kaufmannstochter. 2 Kinder (Tochter 1947 und Sohn 1950). Tochter Lehrerin, Sohn Universitätsprofessor, 4 Enkel (je zwei).
08.1945 - 04.1946	Kaufmännischer Praktikant in Einbeck
05.1946 - 06.1948	Lehrerausbildung/Studium
1948 - 1951	Lehramtsanwärter in der Volksschule Angersbach, Kreis Lauterbach. Seminare
1951 - 1955	Lehrer an der vierklassigen Schule Angersbach
1955 - 1956	Verwaltungstätigkeit im Kreisschulamt Lauterbach
1956 - 1961	Lehrer an der Volksschule Frischborn/Kreis Lauterbach, ab 1961 Hauptlehrer (Schulleiter) an der vierklassigen Volksschule (Grund- und Hauptschule), Frischborn
1983	Versetzung in den Ruhestand. Während der Berufszeit: 11 Jahre Mitglied (Stellv. Vorsitzender) des Kreispersonalrates der Lehrer der Kreisbildstelle (nebenamtlich), Mitglied des Arbeitskreises der Landesbildstelle in Frankfurt/Main, Arbeit in der Jugendausbildung und Jugendpflege (Jugendrotkreuz, Jugendherbergswerk, Schullager, Zeltlager u.a.)

Aktive Tätigkeit in der Erwachsenenbildung und Öffentlichkeitsarbeit:
Volkshochschule, Seniorenbetreuung
28 mal Leiter von Kursen und Seminaren
3-12 Vorträge (Tonbildschauen, Filme und dergl.)

Kommunalpolitische Tätigkeit und Ehrenämter:
6 Jahre Gemeindevertreter in Angersbach
8 Jahre Erster Stadtrat (Stellvert. Bürgermeister) der Kreisstadt Lauterbach
8 Jahre Jugendschöffe und Geschworener

18.1.1996	Verleihung des Bundesverdienstkreuzes am Band in Anerkennung meiner besonderen Verdienste um Volk und Staat und meiner Lebensarbeit
2008	Georg Eurich verstarb 2008 in Lauterbach (Zusatz Michael Schupmann)

Ferne Heimat

Bilder von Georg Eurich aus der Sammlung Schupmann

In den Fotografien Georg Eurichs kann sich der Betrachter verlieren, sie haben eine besondere Magie. Die Aufnahmen sehen aus wie Gemälde und halten gleichzeitig den Alltag einer Epoche fest, die längst Geschichte ist. Denn die Zeiten änderten sich, die Dorfstrukturen, die Technik. Auf den Aufnahmen Eurichs aber sind sie da - die Dorfbewohner, die Landschaften, die staubigen Straßen, die Fachwerkhöfe, die Karren und Kannen, die zum Leben auf dem Lande gehörten. Säen und Ernten, Leben und Sterben, Bauern hinter dem Pflug, Frauen am Dorfbrunnen, Ernteeinsatz im Hochsommer, Heuwagen in der Hitze, Schneeberge im Winter. Der Schwatz am Dorfanger, die Handgriffe des Hufschmieds. Jede Aufnahme erzählt eine Geschichte.

Georg Eurich wurde 1920 im hessischen Vogelsberggebiet geboren, in Landenhausen, das damals etwa 700 Einwohner hatte. Er sei Zeit seines Lebens dankbar gewesen, auf dem Dorf aufgewachsen zu sein, erzählte er als betagter Mann dem Arzt Dr. Michael Schupmann, der seit vielen Jahren hochwertige Fotografien sammelt. Die Verbindung mit Menschen, mit Land und Leuten, habe ihn, Georg Eurich, geprägt.

Eurich ging mit 14 Jahren an die Aufbauschule Friedberg, ein Internat für Jungen, gelegen in der Wetterau zwischen Gießen und Frankfurt. Diese Zeit habe ihn stark beeinflusst, erinnerte er sich an das Leben in der Gemeinschaft. Hier bekam er Anregungen zur kreativen Betätigung und zahllose Möglichkeiten, sich auszuprobieren. Hier bekam er erstmals eine Kamera in die Hand, die Leidenschaft für die Fotografie sollte ihn nie mehr verlassen. Sein Ziel schon als Halbwüchsiger: die Heimat festzuhalten, das Leben zu dokumentieren. Sein Studienwunsch war Regisseur, doch der Krieg durchkreuzte die Pläne. Auch seine Kamera kam ihm abhanden. Die Gefangenschaft folgte, erst 1946 kehrte er als 26-jähriger zurück in heimatliche Gefilde. Georg Eurich wurde Neulehrer, stand vor Klassen, leitete Schulen. Und fotografierte ...

Seine erste Leica mit Objektiv kaufte er 1948, „Das waren damals drei Junglehrergehälter", sagte er im schon erwähnten Gespräch mit Michael Schupmann. Er baute seinen Labortechnik-Bestand aus und schulte seine Fertigkeiten - kein Fotografie-Fachbuch war vor ihm sicher.

„Mein Prinzip war, dass die Familie auch finanziell nicht leiden sollte unter meinem Hobby", gab er zu Protokoll. So schickte er Aufnahmen an Zeitungen und Zeitschriften, die Honorare flossen in sein Hobby.

Vorbild des Fotografen war Dr. Paul Wolff, Pionier der Kleinbildfotografie. Auch bei dem Worpsweder Künstler Hans Saebens holte er sich Anregungen.

Georg Eurich war neben seiner Lehrertätigkeit auch Kreisbildstellenleiter in Lauterbach im Kreis Vogelsberg und in dieser Funktion dafür zuständig, Medien wie Filme, Foto- und Tondokumente den Schulen zugänglich zu machen. So konnte er Beruf und Hobby verbinden.

Im Gespräch mit Michael Schupmann erzählte er vom Glück, eine Situation zu erfassen. Hier half ihm seine Frau, die ihn stets auf seinen Touren begleitete und ihm so manche Tür von Dorfbewohnern öffnete. Von gestellten Aufnahmen hielt er nichts, alles sollte aus dem Leben gegriffen sein.

„Am besten gar kein Gesicht machen", lautete sein Rat an die Fotografierten. Mit Lampen arbeitete er nur selten, er bevorzugte natürliches Licht.

Eurichs Credo: Kein Schindluder zu treiben mit den Fotografierten, sondern Respekt walten zu lassen. Stets holte er sich zuerst das Einverständnis, stets bekamen die Fotografierten später einen Abzug fürs Fotoalbum. Wissend um die schnellen gesellschaftlichen Veränderungen, hielt er viele aussterbende Berufe im Bild fest. Hufschmied, Senner, Schuhmacher finden sich auf den Aufnahmen. Hochzeitsbräuche, Beerdigungen, Firmungen und Erntedank sind festgehalten. Parallel zu seinen Fotoarbeiten schrieb er Berichte über Heimatgeschichte, Sitten und Bräuche, dörfliche Kultur - er hat vieles dokumentiert, was sonst verloren gegangen wäre.

Um sich noch stärker dem Fotografieren widmen zu können, ging er vorfristig in Rente. Über die Jahre schuf Georg Eurich das umfangreichste private Fotoarchiv im oberhessischen Raum. Für seinen Einsatz bekam er das Bundesverdienstkreuz. Sein Archiv wurde nach seinem Tod im Jahr 2008 von seinen Angehörigen übernommen.

Im Haus Dacherörden ist nun eine Auswahl seiner Aufnahmen zu sehen. Bilder in Schwarz-Weiß, die zum Spazierengehen mit den Augen einladen. Und zum Kramen in eigenen Erinnerungen - an die Kindheit, an Besuche bei Verwandten auf dem Dorf. Den Betrachter erwarten Entdeckungsreisen auf Papier. Sie erzählen von einer vergangenen Zeit und einer besonderen Gemeinschaft und einem Mann, der einen sehr genauen Blick hatte.

Birgit Kummer, 2018

Landwirtschaft im Wandel der Zeiten

In kaum einem anderen Berufsfeld wird der technische und strukturelle Wandel deutlicher und spürbarer als in der Landwirtschaft. Hatte in den 50er und 60er Jahren des letzten Jahrhunderts noch nahezu jeder Haushalt etwas mit Landwirtschaft zu tun, sei es in der Nachbarschaft oder durch eigene Flächenbewirtschaftung und Tierhaltung, so sind es heute gerade mal noch 1,4% der Erwerbstätigen, die in der Landwirtschaft tätig sind. Wir verzeichnen zunehmend Dörfer, in denen überhaupt kein Haupterwerbsbetrieb mehr existiert. 1950 kamen auf einen Landwirt 10 Mitbürger, heute produziert ein Landwirt Nahrungsmittel für 140 Menschen. Der züchterische Fortschritt und optimierte Arbeitsverfahren haben die Erträge auf den landwirtschaftlichen Flächen und die Leistungen in den Viehställen in den letzten 50-70 Jahren verdoppelt oder sogar verdreifacht.

Die Arbeitskraft im landwirtschaftlichen Betrieb wird zunehmend durch Maschinen ersetzt, die Arbeitsprozesse erleichtern und automatisieren. Ein Melkroboter, wie er aktuell bereits in jeder zweiten Neuinvestition in einem Kuhstall installiert wird, konnte sich vor 70 Jahren auch mit der größten Phantasie kein Fachmann vorstellen. Mit einem durchschnittlichen Kapitaleinsatz von 580.000 € je Arbeitsplatz ist die Landwirtschaft heute eine der teuersten und kapitalintensivsten Wirtschaftszweige unserer gesamten Volkswirtschaft.

Nahrungsmittel werden zunehmend arbeitsteiliger produziert. Von einem Euro Verbraucherausgaben für Nahrungsmittel kommen beim Landwirt gerade mal noch 21 ct an. In den 70er Jahren lag diese Quote mit 48% mehr als doppelt so hoch. Der der Urproduktion nachgeschaltete Agribusinessbereich (Weiterverarbeitung, Handel und Gastronomie) erzielt mit 388 Mrd € einen 7-fach höheren Produktionswert als die eigentliche Landwirtschaft selbst.

Dennoch sind Nahrungsmittel für den Endverbraucher – gerade in Deutschland – so günstig wie nie. Gerade mal noch 14% ihres verfügbaren Einkommens müssen die Verbraucher für Nahrungs- und Genussmittel ausgeben, während dieser Anteil 1950 noch bei 44% lag.

Die Anzahl der landwirtschaftlichen Betriebe nimmt kontinuierlich ab. Hatten wir 1970 noch ca. 91.000 ldw. Betriebe in Hessen, so hat deren Zahl in den letzten 50 Jahren um 82% abgenommen. Aktuell sind es noch knapp 16.000 Betriebe, davon wirtschaften 2/3 im Nebenerwerb. Die durchschnittliche Flächenausstattung ist dagegen von 9 auf 47 ha gestiegen.

Diese nüchternen Fakten belegen aus verschiedenen Blickwinkeln den enormen Wandel der Landwirtschaft in den vergangenen Jahrzehnten. Diesen Wandel dokumentiert auch dieses Fotobuch in sehr eindruckender Weise. Ich erinnere mich an eine Aussage meines Vaters, der noch als Haupterwerbslandwirt mit Pferden pflügte: „Das Arbeiten im landwirtschaftlichen Betrieb war früher wesentlich beschwerlicher und körperlich anstrengender als heute. Aber man erledigte diese Arbeiten immer auch mit vielen anderen Menschen zusammen und dies förderte die gesellschaftlichen Kontakte auf dem Hof und auf dem Lande. Und wenn die Pferde ihre Mittagspause hatten und Hafer und Wasser „tanken" mussten, hatte man auch als Landwirt eine ausgedehnte Ruhepause. Heute ist man oft allein und für alles verantwortlich, alles ist viel hektischer geworden."

Dieser Strukturwandel und der technische und arbeitswirtschaftliche Fortschritt werden in kaum einem anderen Wirtschaftszweig von der Gesellschaft so kritisch gesehen wie in der Landwirtschaft. Kein Bürger möchte mehr ohne Handy und Internet leben. Aber in der Lebensmittelproduktion wünschen sich viele die nostalgische Landwirtschaft der 50er Jahre zurück. Es ist naiv zu glauben, hier das Rad der Zeit zurückdrehen zu können. Außerdem wird vielfach ignoriert, dass die heutigen Lebensmittel viel exakter und nachvollziehbarer produziert und wesentlich detaillierter überwacht werden als früher. Das gilt für die ökologische wie konventionelle Landwirtschaft gleichermaßen.

Große und technisch kompliziert aussehende Landmaschinen arbeiten äußerst präzise, zunehmend satellitengesteuert und teilflächenspezifisch, reduzieren Bodenüberfahrten, vermeiden Überlappungen, scannen die Pflanzenbestände und dosieren Dünger und Aufwandmengen exakt auf den notwendigen Bedarf. Moderne Ställe beherbergen zwar größere Tierbestände - nur dann rechnen sich diese überhaupt noch - bieten aber dennoch dem Einzeltier mehr Licht, Luft, Bewegungsfreiheit und damit mehr Tierkomfort als früher.

Ich gratuliere Herrn Dr. Schupmann ausdrücklich für die gute Idee zur Konzeption dieses gegenüberstellenden Fotobuches. Wir haben die Umsetzung mit der Möglichkeit zur Fotodokumentation „moderner zeitgemäßer Landwirtschaft" am Landwirtschaftszentrum Eichhof in Bad Hersfeld gern unterstützt. So bleibt mein abschließender Wunsch: Möge dieses Fotobuch dazu beitragen, die gute alte Zeit im ländlichen Raum und in der Landwirtschaft in sehr anschaulicher und dankbarer Erinnerung zu behalten. Möge es aber auch gleichzeitig Verständnis, Akzeptanz und Begeisterung für die heutige moderne Landwirtschaft fördern.

Klaus Wagner,
LLH-Landwirtschaftszentrum Eichhof, Bad Hersfeld

Anekdoten und Gedanken zu den Fotografien

Zu meinem 40. Geburtstag schenkte mir unsere Gemeindeschwester einen Fotoband mit dem Titel „Aus Alter Arbeitszeit", da sie wusste, dass ich ein Faible für Fotografie habe. Ich nahm es dankend, schaute es kurz an und stellte es in den Bücherschrank, da der Druck kein ästhetisches Vergnügen hervorrufen konnte.

Zirka acht Jahre später geriet mir das Buch zufällig wieder in die Hände, und ich erkannte plötzlich die verborgene Qualität der Fotografien. So kam das Geschenk verspätet zu großen Ehren. Meine Neugierde war geweckt. Wer war der Fotograf? Georg Eurich, nie gehört. Wer ist das, wo lebt der, was macht der sonst noch? Die Recherche aufwändig, Internet noch nicht üblich.

Georg Eurich wohnt in Lauterbach am Rande des Vogelbergs, ist ein Fotograf, der es nebenberuflich durch jahrzehntelangen Arbeitseinsatz geschafft hat, das Wesen der Landwirtschaft und alter Berufe im Oberhessischen in der Mitte des zwanzigsten Jahrhunderts zu erfassen und für die Nachwelt festzuhalten.

Könnte das etwas sein, das in unsere Fotosammlung passt, die sich ausschließlich mit herausragender deutscher Fotografie nach dem Zweiten Weltkrieg à la Steinert, Keetman, Klemm, McBride beschäftigt?

Dass der Wert dieser Fotografie in dokumentarischer, fototechnischer und ästhetischer Hinsicht über allem steht, was ich in der Richtung bisher gesehen habe, steht außer Zweifel. Also Kontakt knüpfen, Vertrauen erwerben, persönliches Aufsuchen, sich näher kennenlernen.

Das Ergebnis kurz gefasst: Seit 1998 sind 52 Aufnahmen von Georg Eurich in der Sammlung Schupmann mit hochwertigen Barytabzügen vertreten und wurden schon mehrfach in bundesdeutschen Kunstmuseen gezeigt.

Unbeleckt von jeglichem Wissen über Landwirtschaft oder alte handwerkliche Berufe, fasste ich vor einiger Zeit den Entschluss, die Fotos von Herrn Eurich als Vorlage für eigene Fotografien zu benutzen.

Mit großer Unterstützung bekam ich Gelegenheit, als erstes Bild den pflügenden Bauer in die Gegenwart zu versetzen, am 1.4.2019. Schon dieser Tag machte mir klar, was es heißt, einige Stunden hinter einem Traktor auf dem Acker herzulaufen, bei späteren Bildern im Laufe des Sommers mit Temperaturen knapp unter 40 Grad wurde das dem fast Siebzigjährigen noch deutlich klarer. Und was der Bauer früher an einem „Morgen" pflügen konnte, macht der stählerne Kollege heute in sehr viel kürzerer Zeit.

Anderes ebenso deutlich: Die Menschen stehen, wie bei vielen anderen Berufen auch, nicht mehr im Vordergrund. Wo früher tlw. zehn Mitarbeiter nötig waren, ist es heute einer.

Die Arbeitsgänge ließen sich nicht immer eins zu eins vergleichen, dafür hatte sich z.B. bei der Abfolge der Getreideernte zu viel geändert, manche Berufe gibt es nicht mehr oder kaum noch.

Schweinezucht und -haltung lohnt sich nur noch in größeren Stückzahlen für den Tierhalter.

Wenn man der modernen Sägemaschine zuschaut, drängt sich schnell der Vergleich mit den „Blaumiesen" aus dem Film der Beatles, Yellow Submarine, auf. Die Dippeleut' kommen nicht mehr ins Dorf, immerhin noch der Händler aufs Lullusfest in Bad Hersfeld.

Die Saatbegutachtung vom Landwirt scheint jedenfalls noch genau so abzulaufen wie ehedem.

Das Rübenlegen geht andere Wege. Wo früher die „Schrotflinte" waltete, wird heute im Abstand von 18 cm je ein einzelnes Samenkörnchen, kleiner als eine Linse, von der Maschine gelegt. Bei den Bildern von der Kartoffellege und der -ernte fragt man sich als ehemaliger Landarzt, warum die Diagnose Rückenschmerz früher sehr viel seltener gestellt wurde. Vielleicht ist die Bürotätigkeit gefährlicher wie die Landarbeit?

Das Pferd wird nicht mehr zur Tränke auf der Dorfstraße geführt, aber den Traktor dürstet es auch nach getaner Arbeit. Vielleicht wird sich dann in siebzig Jahren beim Anblick des Tankvorgangs gewundert: „Schau mal, die haben noch Diesel getankt, da gab's noch keinen Elektrotraktor auf Wasserstoffbasis."

Gülle aufs Feld bringen ist heute ein besonders aufmerksam überwachtes Geschäft; anstrengender war es früher, in diesem Fall legten sich zunächst fünf Kühe mächtig ins Zeug. Die Bäuerin beeilt sich nicht mehr, rechtzeitig auf die Wiese zum Melken zu kommen, sondern die Kuh geht zum Roboter, wenn es ihr passt. Auch heute noch bietet der Pferdemarkt in Fritzlar aufmerksamen Zuschauern ein kurzweiliges Schauspiel, und auf dem dazugehörenden Rummelplatz kann man gut Fachgespräche führen.

Bei der Heuernte wird deutlich, wie viel menschlicher Arbeitseinsatz heute von Maschinen erledigt wird, ebenso bei der Bergung.

Die Getreideernte läuft heute völlig anders, eine direkte Gegenüberstellung ist nicht möglich. Die Idylle mit den Strohballen bei der Burg Neuenstein wird von der Autobahn direkt dahinter Lügen gestraft.

Die Frauen des Dorfes halten keinen Schwatz mehr an den Milchkannen, bevor diese abgeholt werden. Höchstens ein kurzes Gespräch des Milchbauern mit dem Fahrer des rollenden Tanks findet noch statt. Dafür gibt's aber auch kein Gezeter für den kleinen Jungen, der nach der Aufnahme von Herrn Eurich prompt die Milchkanne umwarf, wie mir berichtet wurde.

Kinder im Schwimmbad zu fotografieren, ist inzwischen zwielichtig. Gut, dass es Objektive mit kleiner Schärfentiefe gibt. Danke, Justus und Konrad! Dazu gehören die Bilder von den auf den Bus wartenden Schulkindern und im Klassenraum. Nur mit Elterngenehmigungen, Dolmetschern und Rechtsbegleitung sei das noch möglich, höre ich. Eine beherzte und fürs Projekt engagierte Lehrerin aus dem hohen Norden schafft aber Abhilfe.

Der Krämer - Hannes mit Hausgerät kommt nicht mehr, immerhin der rollende Supermarkt, wie lange noch? Die Unterhaltung im Dorf ist auch nicht mehr immer das, was sie einmal war... Die Zeiten vom gemütlichen Miteinander auf dem Feld zur Stärkung zwischen den Arbeitsgängen sind vorbei. Schnell den Traktor anhalten...

Der Vorgang der Kartoffeldämpfe für die Versorgung der Schweine ist nur noch auf wenige Einrichtungen wie dem Antoniushof bei Fulda beschränkt, üblicherweise kommen Kartoffeln, die nicht mehr verwertbar sind, in die Biogasanlage.

Das Urbild des Sämanns: Vom Winde verweht.

Georg Eurich erzählt mir, wie der Bauer gemütlich Pfeife rauchend vor dem Wagen steht, immerhin die Tiere haltend, während seine Frau sich beim Mistabladen abschuftet. Ich glaubte, Mist werde nicht mehr verwertet, weil kaum mehr vorhanden, und dass ich kein passendes Bild mehr aufnehmen könne. Gut, dass ich mit einem Mitarbeiter vom Eichhof darüber sprach. „Das machen wir morgen." kam die Antwort. Gut so, wenigstens ein Bild im Regen.

Wenn ich als strenger Vegetarier zwei Stunden zusehe, wie aus vier lebenden Schweinen handliche Fleischstücke entstehen, weist das auf zweierlei hin: Dies ist erstens kein Kampfbuch gegen Tierhaltung und -verarbeitung, das Anliegen ist die vergleichende Dokumentation. Und zweitens ist es manchmal nützlich, sich im Präpariersaal der Anatomie abgehärtet zu haben.

Winter? Was ist das? Die hilfsbereiten Mitarbeiter vom Straßendienst mussten kurzfristig eine Übung zum Montieren des Schneeschiebers anberaumen. (Manche werden es vermuten: dahinter ist kein Schnee- sondern ein Salzberg zu sehen). Der Winter 20/21 hat zwar eine kurze Überraschung gebracht, es bleibt jedoch abzuwarten, ob das eine Trendwende einleitet. Die Eisernte: Ein schönes (aber auch ernüchterndes) Beispiel, wie aus 15 Arbeitern einer wird, da das Eis nicht mehr nötig ist. Stattdessen wird der Kühlvorgang der Brauerei maschinell durchgeführt. Wie schön, dass es für die Schlittenfahrt im Schnee Ersatz auf der Sommerrodelbahn gibt. (Allerdings hier nur allein und nach Entrichtung des Fahrgeldes.)

Das Vergleichsbild zur Dampflok am kleinen Bahnhof zeigt dreierlei Entwicklungen: Der Bahnhof im Dorf ist inzwischen ein Gasthaus oder eine Volkshochschule, den Zug auf dem Lande sieht man hauptsächlich als durchrasenden ICE in der Ferne, genaues Hinschauen ist gefordert. Glück gehabt: Es gab in unserer Region im Dezember 2019 einen Tag mit etwas Puderzucker auf den Feldern.

Für das Studium der Bibel steht heute nicht nur das Buch, sondern auch der Computer zur Verfügung.

Die Bilder vom Wollkämmen und vom Spinnen von Georg Eurich lassen auch eine kleine zusammenhängende Serie zu. Dass es im Knüllgebirge noch eine Firma gibt, die von der Aufbereitung der Wolle über das Spinnen bis zur Teppichweberei alles bietet, grenzt an ein Wunder. Der Hufschmied zeigt mir geduldig die Arbeitsgänge, so dass ich etwas ins Detail gehen kann. Er ist mit seiner mobilen Schmiede auf den Hof in Raboldshausen am Eisenberg gekommen.

Für die Bildfolge vom Küfer fahre ich fast nach Bad Dürkheim, von uns aus gesehen nicht mehr so sehr weit von Frankreich. Der berühmte Korbmachermeister aus Sterkelshausen in Osthessen zeigt seine Kunst, während der alte Bollerofen Wärme spendet. Der Holzschuhmacher, den ich im Westfälischen noch auftreiben konnte, war äußerst hilfsbereit, wies aber darauf hin, dass die Maschinen, die er benutzt, schon vor Jahrzehnten vom Vater angeschafft wurden.

Der Termin mit der Paketzustellerin war der einzige, den ich zweimal anberaumen musste (Danke, Johanna, für die Geduld!), da der Schriftzug vom E l e k t r o a n t r i e b beim ersten Mal verdeckt war, jetzt wenigstens teilweise angedeutet ist.

Es gibt nur noch wenige Besenfabriken in Deutschland; im Vogtland bekam ich Erlaubnis zum Fotografieren. Um das „Kleinholz" kümmert sich heute der Harvester, auf dem Rücken könnte man das vom Borkenkäfer und der Trockenheit geschädigte Holz nicht mehr aus dem Wald bekommen. Der Schreiner an der Bandsäge brauchte wohl länger für Feinheiten als der Computer, der den Roboter für kleinste Abmessungen und Auslassungen steuert.

Das Allerheiligste eines Stellwerks der Deutschen Bahn darf ich nicht betreten. Ein Angestellter der höheren Ebene erbarmt sich meiner immerhin schon ein halbes Jahr später nach mehreren Nachfragen. Er gibt mir den Tipp, einfach die Bewegung der Schranke festzuhalten. Die wird nämlich nicht in einem Raum mit Monitoren geregelt wie in meiner Vorstellung, sondern durch einen Kontakt an den Gleisen weit vor der Schranke.

Es gibt im Vogelsberg wahrhaftig immer noch ein Werk, in dem Holzschindeln, jetzt maschinell, hergestellt werden. In eine bekannte Felgenfabrik in Westfalen wurde ich nicht hineingelassen. Dafür durfte ich in einer Werksstatt in Bad Hersfeld eine Autoreifenmontage dokumentieren. Das Überprüfen und letzte Festzurren der Ladung zur Vermeidung von Katastrophen muss auch heute noch von Hand erledigt werden.

Michael Schupmann

Oben: Ferkelverkauf, LLH Eichhof, Bad Hersfeld, 2019
Links: Ferkelverkauf auf der Dorfstraße, Angersbach, 1951

Oben: Holzschneider, Leimbach (Eiterfeld), Kreis Fulda, 2020
Vorherige Seite: Mobile selbstfahrende Säge Marke Eigenbau, Angersbach, 1952

„Dippeleut", Hörgenau/Kreis Lauterbach, 1950

Markthändler, Lullusfest, Bad Hersfeld, 2019

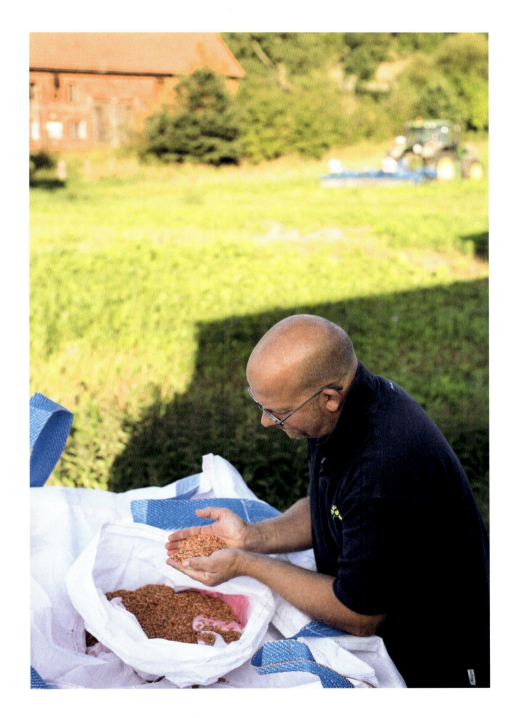

Oben: Saatgutprüfung, Kerspenhausen, Kreis Hersfeld-Rotenburg, 2019
Links: Saatgut-Prüfung, Ilbeshausen/Vogelsberg, 1951

Pflügender Bauer, Dirlammen, Kreis Lauterbach, 1956

Aussaat Bernshausen, Bernshausen/Schlitzer Land, 1958

Pflügen, LLH Eichhof, Bad Hersfeld, 2019

Rübenlege, Mardorf bei Homberg/Efze, 2021

Kartoffellegen mit Kühen, Bernbach bei Weilburg/Lahn, 1954

Kartoffellegemaschine, bei Großenenglis, Schwalm-Eder-Kreis, 2019

Pferd an der Tränke, Bernbach bei Weilburg/Lahn, 1954

Auftanken, LLH Eichhof, Bad Hersfeld, 2019

Fünfer-Kuhgespann, Helpershain bei Ulrichstein/Vogelsberg, 1956

Gülleausbringung, LLH Eichhof, Bad Hersfeld, 2019

„Melkroboter" – automatisiertes Melken mit Hilfe von Sensoren und Computer,
LLH Eichhof, Bad Hersfeld, 2019
Vorherige Seite: Melken auf der Weide, Altenschlirf/Kreis Lauterbach, 1956

Bauern beobachten die Viehprämierung, Lauterbach, 1959

Pferdemarkt, Fritzlar, 2019

Oben: Rummelplatz Viehmarkt, Fritzlar, 2019
Links: Drei Bauern auf dem Jahrmarkt, Lauterbach, 1964

Heuwenderinnen und pferdegezogener Gabelwender, Angersbach/Kreis Lauterbach, 1956

Großflächenschwader, LLH Eichhof, Bad Hersfeld, 2019

Heuwagen-Beladung, Biebertal/Rhön, 1956

Häckseln und Abtransport der Grassilage, LLH Eichhof, Bad Hersfeld, 2019

Getreide, Lanzbulldogge, Mähbinder, Angersbach/Kreis Lauterbach, 1951

Mähdrescher, Getreideernte, LLH Eichhof, Bad Hersfeld, 2019

Getreide, Garbenaufstellung, Angersbach/Kreis Lauterbach, 1951

Strohballenpresse, LLH Eichhof, Bad Hersfeld, 2019

Oben: Stroh in Rundbal en, Saasen, Burg Neuenstein, 2019
Links: Abfahrt vom Getreidefeld, Terrassen, Angersbach, Kreis Lauterbach, 1952
Nächste Seite: Drusch auf der Dorfstraße, Wenings bei Gedern/Vogelsberg, 1955

Oben: Auf dem Dreschplatz, Herbstein/Vogelsberg, 1951
Vorherige Seite: Strohballenabtransport, LLH Eichhof, Bad Hersfeld, 2019

Dreschen, LLH Eichhof, Bad Hersfeld, 2019

Dreschmaschine, Herbstein/Vogelsberg, 1955

Kornabtanken, LLH Eichhof, Bad Hersfeld, 2019

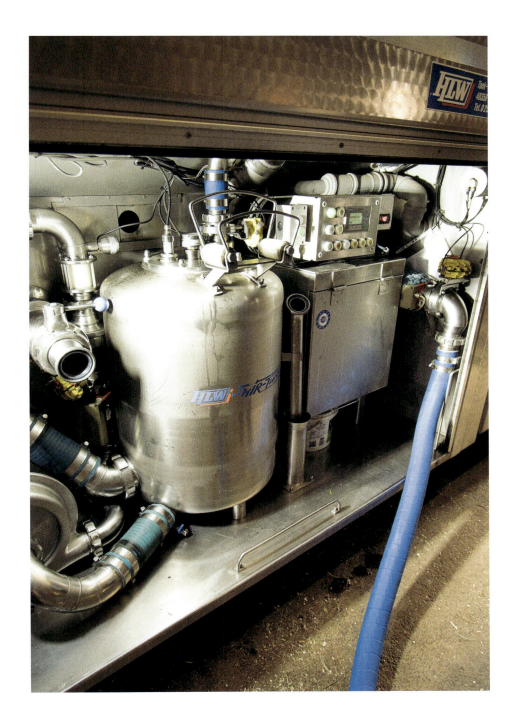

Oben und Folgeseite: Milchabholung, Asbach, Bad Hersfeld, 2019
Links: Schwatz an der Milchrampe, Angersbach, 1955

Brandweiher als Dorfschwimmbad, Angersbach, 1951

Schwimmbad, Harleshausen, Kassel, 2019

Rückfahrt vom Schullager, Oberbernhards/Rhön, 1949

Warten auf den Schulbus zur Turnhalle, Leeste, Weyhe, Kreis Diepholz, 2019

„Krämer-Hannes" mit seinem Dreiradwagen, Busenborn bei Schotten/Vogelsberg, 1954

Der rollende Supermarkt, Südkreis Göttingen, 2019

Oben: „Vorglühen" zur Sommernachtsfete, Friedewald, Kreis Hersfeld-Rotenburg, 2020
Links: Austausch von Dorfneuigkeiten, Herbstein/Vogelsberg, 1954

Kartoffellese, Angersbach/Kreis Lauterbach, 1951

Kartoffelrodung, bei Felsberg, Schwalm-Eder-Kreis, 2019

Abfuhr der Kartoffelsäcke, Schwalm-Eder-Kreis, 1953

Kartoffelabtransport, bei Felsberg, Schwalm-Eder-Kreis, 2019

Vesper auf dem Felde, Vogelsbergdorf, 1957

Frühstückspause auf dem Traktor, oberhalb des Geistals, Kreis Hersfeld-Rotenburg, 2020

Oben: Kartoffeldämpfer, Antoniushof, Haimbach, Fulda, 2020
Vorherige Seite: Kartoffeldämpfer, Angersbach, 1950

Biogasanlage, Hillartshausen, Gemeinde Friedewald,
Kreis Hersfeld-Rotenburg, 2020

Oben und Folgeseite: Getreideaussaat, LL Hessen, Eichhof, Bad Hersfeld, 2019
Links: Säender Bauer, Ilbeshausen, Vogelsberg, 1951

Mistabladen im Herbst, Angersbach, 1951

Oben und Folgeseite: Festmistausbringung mit dem Großflächenstreuer, bei Sorga, Bad Hersfeld, 2019

Hausschlachtung im Winter, Hopfmannsfeld/Kreis Lauterbach, 1974

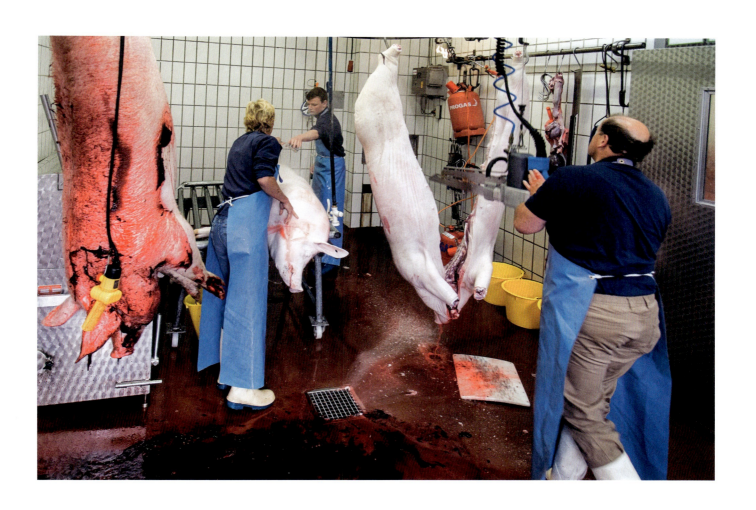

Schlachtung in einer Landmetzgerei, Schwarzenborn, Schwalm-Eder-Kreis, 2020

Routinierte Handgriffe beim Schlachten

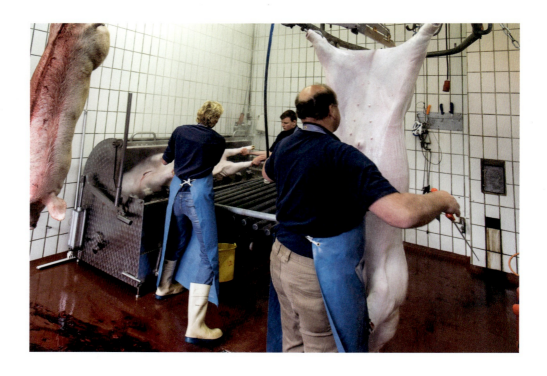

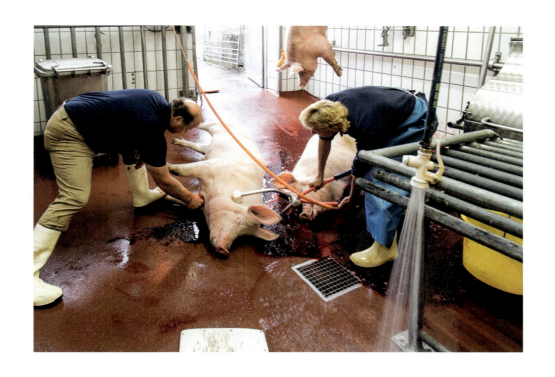

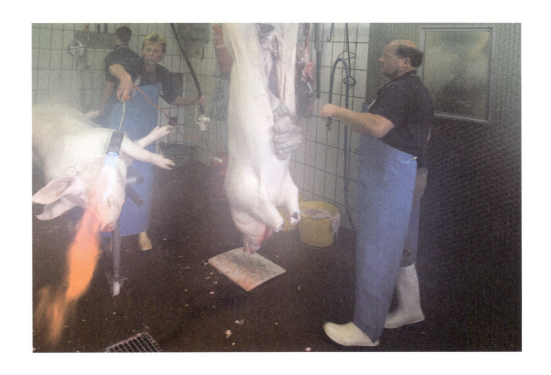

Zerlegung des Schlachtkörpers

Schneepflug/Sechsergespann, Angersbach, 1950

Schneepflug, Bad Hersfeld, 2020

Oben und rechts: Kühlanlage, Hütt-Brauerei, Kassel, 2020
Vorherige Seite: Eisernte für die Brauerei, Lauterbach, 1950

Volksschuklasse, Viersitzer, Angersbach/Kreis Lauterbach, 1950

Schulklasse, Leeste, Weyhe, Kreis Diepholz, 2019

Oben: Sommerrodelbahn, Wasserkuppe, Rhön, 2020
Links: Schlittenfahrt im Dorf, Fischborn/Kreis Lauterbach, 1959

Vogelsbergbahn im Winter, Frischborn bei Lauterbach, 1952

ICE-Brücke bei Kirchheim, Kreis Hersfeld-Rotenburg

„Altbäuerin in Andacht" – betende Vogelsbergerin, Ilbeshausen/Vogelsberg, 1963

Bibelstudium analog und digital, Haimbach, Fulda, 2020

Oben: Wollekämmen, Rückersfeld, Homberg/Efze, Knüll, 2020
Links: Wollbereiter zerzaust die Schafwolle, Landenhausen /Kreis Lauterbach, 1951

Maschinelle Wollkämmung - Kardierung

Spinnerin, Landenhausen/Kreis Lauterbach, 1951

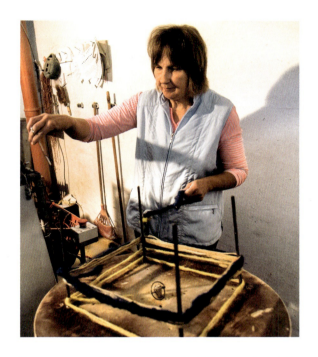

Spinnen, Rückersfeld, Homberg/Efze, Knüll, 2020

Oben: Der Hufschmied kommt auf den Hof, Raboldshausen, Hersfeld-Rotenburg, 2020
Links: Schmied, Landenhausen/Kreis Lauterbach, 1951

Vorbereitung des Hufs

Glühendes Hufeisen in der mobilen Esse

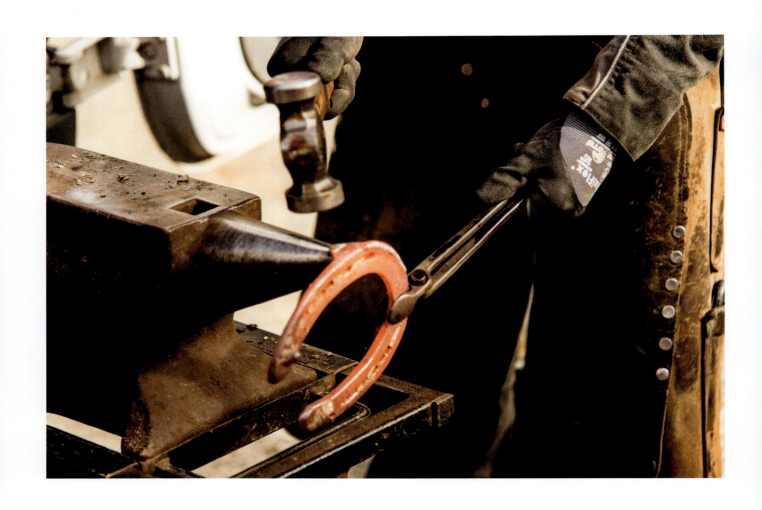

Passgenaue Fertigung des Eisens

Küfer, Landenhausen, 1955

Küferei, Bad Dürkheim, 2019

Mit gezielten Hammerschlägen zum korrekten Sitz

Küfer – nach wie vor von alten Techniken geprägtes Handwerk

Oben: Korbflechtmeister, Sterkelshausen, Alheim, Kreis Hersfeld-Rotenburg, 2019
Links: Korbflechter, Angersbach, 1952

Holzschuhmacher, Angersbach, 1952

Der Holzschuhmacher, Schmechten, Brakel, Kreis Höxter, 2019

Vom Stamm zum ...

...Rohling, zum fertigen Schuh

Hessens letzter Landbriefträger auf seinem letzten Dienstgang,
Herchenhain/Vogelsberg, 1951

Die Postbotin mit dem elektrobetriebenen Fahrzeug, Nentershausen,
Kreis Hersfeld-Rotenburg, 2019

Oben: In der Besenfabrik, Wildenau, Steinberg, Vogtland, 2020
Links: Besenbinder (...macher), Angersbach, 1952

Besenbinden mit modernen Materialien

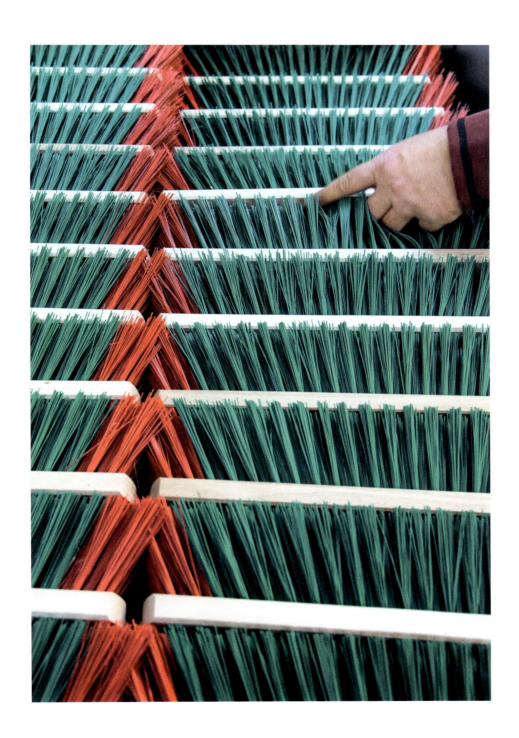

Oben: Harvester (Holzvollernter), bei Wippershain, Schenklengsfeld, Kreis Hersfeld-Rotenburg, 2019
Links: Leseholz-Trägerin, Heimwärts mit schwerer Last, Angersbach, 1952

Schreiner an der Bandsäge, Niederstoll bei Schlitz, 1952

Sägewerk-Roboter für den passgenauen Abbund, Schemmern, Waldkappel,
Werra-Meißner-Kreis, 2019

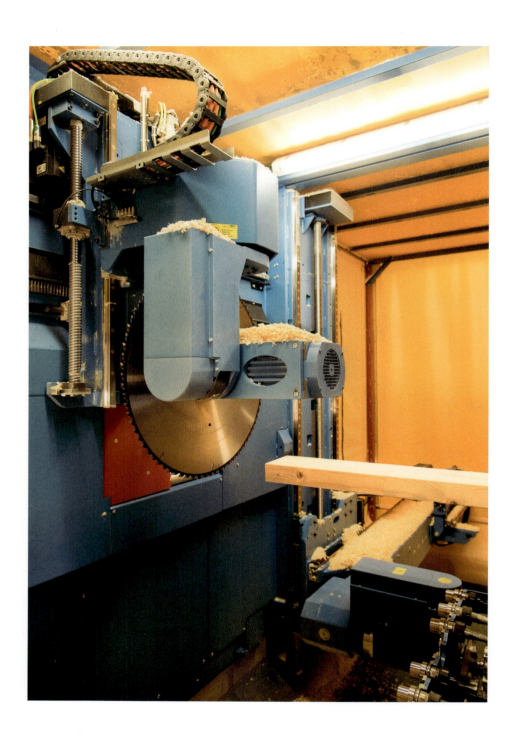

Computergesteuerte Präzision

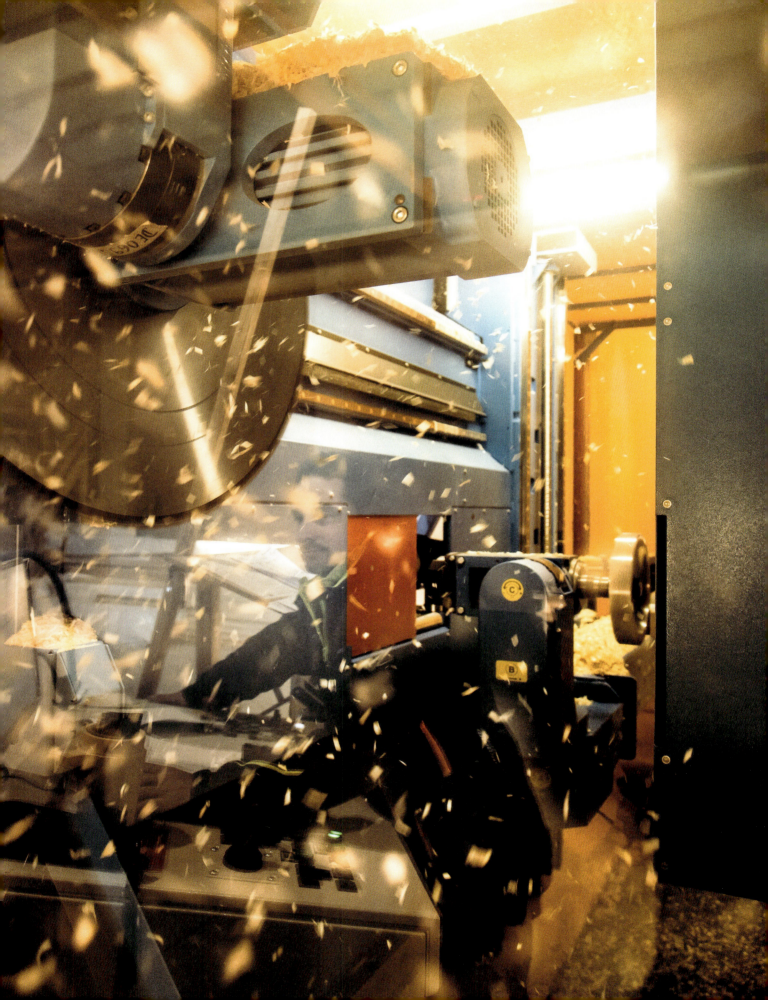

Oben: Der Bahnübergang, Friedlos, Ludwigsau, Kreis Hersfeld-Rotenburg, 2019
Links: Schrankenwärter, Angersbach, 1951

Schindelmacher, Angersbach, 1953

Holzschindelherstellung, Meiches, Lautertal, Vogelbergskreis, 2019

Ein Wagner bohrt die Radnabe, Niederstoll bei Schlitz, 1952

Radmontage, Bad Hersfeld, 2020

Langholzwagen, Holzfuhrleute, Angersbach, 1951

Oben und Folgeseite: Holztransporter, im Wald der Gemeinde Neuenstein, Kreis Hersfeld-Rotenburg, 2019

Verzeichnis der Analogfotografien von Georg Eurich

Die Bezeichnungen stellen eine Kombination dar - von den Rückseiten der Originalfotografien aus der Sammlung Schupmann und der handschriftlichen beigefügten Liste.

Ferkelverkauf auf der Dorfstraße, im Frühjahr, 1951, Angersbach	S. 14
Mobile selbstfahrende Säge Marke Eigenbau, 1952, Angersbach	S. 16/17
Die „Dippeleut" sind da, 1950, Hörgenau/Kreis Lauterbach	S. 20
Saatgut-Prüfung, 1951, Ilbeshausen/Vogelsberg	S. 22
Aussaat Bernshausen, 1958, Bernshausen/Schlitzer Land	S. 24
Pflügender Bauer, 1956, Dirlammen, Kreis Lauterbach	S. 24
Kartoffellegen, mit Kühen, 1954, Bernbach bei Weilburg/Lahn	S. 26
Pferd an der Tränke, 1954, Bernbach bei Weilburg/Lahn	S. 28
Fünfer-Kuhgespann auf steilem Feldweg, 1956, Helpershain bei Ulrichstein/Vogelsberg	S. 30
Handmelken auf der Weide (nicht Wiese), 1956, Altenschlirf/Kreis Lauterbach	S. 32/33
Bauern beobachten die Viehprämierung, 1959, Lauterbach	S. 36
Drei Bauern auf dem Jahrmarkt, 1964, Lauterbach	S. 38
Heuwenderinnen und pferdegezogener Gabelwender, 1956, Angersbach/Kreis Lauterbach	S. 40
Heuwagen-Beladung, 1956, Biebertal/Rhön	S. 42
Getreide, Lanzbulldogge, Mähbinder, 1951, Angersbach/Kreis Lauterbach	S. 44
Getreide, Garbenaufstellung, 1951, Angersbach/Kreis Lauterbach	S. 46
Abfahrt vom Getreidefeld, Terrassen, 1952, Angersbach/Kreis Lauterbach	S. 48
Drusch auf der Dorfstraße, 1955, Wenings bei Gedern/Vogelsberg	S. 50/51
Auf dem Dreschplatz, 1951, Herbstein/Vogelsberg	S. 54
Dreschmaschine, 1955, Herbstein/Vogelsberg	S. 56
Schwatz an der Milchrampe, 1955, Angersbach	S. 58
Brandweiher als Dorfschwimmbad, 1951, Angersbach	S. 62
Rückfahrt vom Schullager, 1949, Oberbernhards/Rhön	S. 64
„Krämer-Hannes" mit seinem Dreiradwagen, 1954	S. 66
Austausch von Dorfneuigkeiten, 1954, Herbstein/Vogelsberg	S. 68
Kartoffellese, 1951, Angersbach/Kreis Lauterbach	S. 70
Abfuhr der Kartoffelsäcke, 1953, Angersbach	S. 72
Vesper auf dem Felde, 1957, Vogelsbergdorf	S. 74
Kartoffeldämpfer, 1950, Angersbach	S. 76/77
Säender Bauer, 1951, Ilbeshausen, Vogelsberg	S. 80
Mistabladen im Herbst, 1951, Angersbach	S. 84
Hausschlachtung, im Winter, 1974, Hopfmannsfeld/Kreis Lauterbach	S. 88
Schneepflug/Sechsergespann, 1950, Angersbach	S. 94
Eisernte für die Brauerei, 1950, Lauterbach	S. 96/97
Volksschulklasse, Viersitzer, 1950, Angersbach/Kreis Lauterbach	S. 100
Schlittenfahrt im Dorf, 1959, Frischborn/Kreis Lauterbach	S. 102

Vogelsbergbahn im Winter, 1952, Frischborn bei Lauterbach	S. 104/105
„Altbäuerin in Andacht" – betende Vogelsbergerin, 1963, Ilbeshausen/Vogelsberg	S. 108
Wollbereiter zerzaust die Schafwolle, 1951, Landenhausen/Kreis Lauterbach	S. 110
Spinnerin, 1951, Landenhausen/Kreis Lauterbach	S. 114
Schmied, 1951, Landenhausen/Kreis Lauterbach	S. 116
Küfer, 1955, Landenhausen	S. 122
Korbflechter, 1952, Angersbach	S. 126
Holzschuhmacher, 1952, Angersbach	S. 128
Hessens letzter Landbriefträger auf seinem letzten Dienstgang, 1951, Herchenhain/Vogelsberg	S. 134
Besenbinder (...macher), 1952, Angersbach	S. 136
Leseholz-Trägerin, Heimwärts mit schwerer Last, 1952, Angersbach	S. 140
Schreiner an der Bandsäge, 1952, Niederstoll bei Schlitz	S. 142
Schrankenwärter, 1951, Angersbach	S. 146
Schindelmacher, 1953, Angersbach	S. 148
Ein Wagner bohrt die Radnabe, 1952, Niederstoll bei Schlitz	S. 150
Langholzwagen, Holzfuhrleute, 1951, Angersbach	S. 152

Verzeichnis der Digital-Fotografien von Michael Schupmann

Ferkelverkauf, 2019, Landesbetrieb Landwirtschaft Hessen, Eichhof, Bad Hersfeld	S. 15
Holzschneider, 2020, Leimbach (Eiterfeld), Kreis Fulda	S. 18/19
Markthändler, 2019, Lullusfest, Bad Hersfeld	S. 21
Saatgutprüfung, 2019, Kerspenhausen, Kreis Hersfeld-Rotenburg	S. 23
Rübenlege, 2021, Mardorf bei Homberg/Efze	S. 25
Pflügen, 2019, Landesbetrieb Landwirtschaft Hessen, Eichhof, Bad Hersfeld	S. 25
Kartoffellegemaschine, 2019, Bei Großenenglis, Schwalm-Eder-Kreis	S. 27
Auftanken, 2019, Landesbetrieb Landwirtschaft Hessen, Eichhof, Bad Hersfeld	S. 29
Gülleausbringung, 2019, Landesbetrieb Landwirtschaft Hessen, Eichhof, Bad Hersfeld	S. 31
„Melkroboter" – automatisiertes Melken mit Hilfe von Sensoren und Computer, 2019, Landesbetrieb Landwirtschaft Hessen, Eichhof, Bad Hersfeld	S. 34/35
Pferdemarkt, 2019, Fritzlar	S. 37
Rummelplatz Viehmarkt, 2019, Fritzlar	S. 39
Großflächenschwader, 2019, Landesbetrieb Landwirtschaft Hessen, Eichhof, Bad Hersfeld	S. 41
Häckseln und Abtransport der Grassilage, 2019, Landesbetrieb Landwirtschaft Hessen, Eichhof, Bad Hersfeld	S. 43
Mähdrescher, Getreideernte, 2019, Landesbetrieb Landwirtschaft Hessen, Eichhof, Bad Hersfeld	S. 45
Strohballenpresse, 2019, Landesbetrieb Landwirtschaft Hessen, Eichhof, Bad Hersfeld	S. 47
Stroh in Rundballen, 2019, Saasen, gegenüber Burg Neuenstein, dahinter A7 Kreis Hersfeld-Rotenburg	S. 49
Strohballenabtransport, 2019, Landesbetrieb Landwirtschaft Hessen, Eichhof, Bad Hersfeld	S. 52/53
Dreschen, 2019, Landesbetrieb Landwirtschaft Hessen, Eichhof, Bad Hersfeld	S. 55
Kornabtanken, 2019, Landesbetrieb Landwirtschaft Hessen, Eichhof, Bad Hersfeld	S. 57
Milchabholung, 2019, Asbach, Kreis Hersfeld	S. 59
Schwimmbad, 2019, Harleshausen, Kassel	S. 63
Warten auf den Schulbus zur Turnhalle, 2019, Leeste, Weyhe, Kreis Diepholz	S. 65
Der rollende Supermarkt, 2019, Südkreis Göttingen	S. 67
„Vorglühen" zur Sommernachtsfete, 2020, Friedewald, Kreis Hersfeld-Rotenburg	S. 69
Kartoffelrodung, 2019, bei Felsberg, Schwalm-Eder-Kreis	S. 71
Kartoffelabtransport, 2019, bei Felsberg, Schwalm-Eder-Kreis	S. 73
Frühstückspause auf dem Traktor, 2020, oberhalb des Geistals, Kreis Hersfeld-Rotenburg	S. 75
Kartoffeldämpfer, 2020, Antoniushof, Haimbach, Fulda	S. 78
Biogasanlage, 2020, Hillartshausen, Gemeinde Friedewald, Kreis Hersfeld-Rotenburg	S. 79
Getreideaussaat, 2019, Landesbetrieb Landwirtschaft Hessen, Eichhof, Bad Hersfeld	S. 81-83
Festmistausbringung mit dem Großflächenstreuer, 2019, bei Sorga, Bad Hersfeld	S. 85-87
Schlachtung in einer Landmetzgerei, 2020, Schwarzenborn, Schwalm-Eder-Kreis	S. 89-93
Schneepflug, 2020, Bad Hersfeld	S. 95
Kühlanlage, Hütt-Brauerei, Kassel, 2020	S. 98/99
Schulklasse, 2019, Leeste, Weyhe, Kreis Diepholz	S. 101

Sommerrodelbahn, 2020, Wasserkuppe, Rhön	S. 103
ICE-Brücke, 2019, Wälsebachtal bei Kirchheim, Kreis Hersfeld-Rotenburg	S. 106/107
Bibelstudium analog und digital, 2020, Haimbach, Fulda	S. 109
Wollekämmen, 2020, Rückersfeld, Homberg/Efze, Knüll	S. 111
Maschinelle Wollkämmung - Kardierung	S. 112-113
Spinnen, 2020, Rückersfeld, Homberg/Efze, Knüll	S. 115
Der Hufschmied kommt auf den Hof, 2020, Raboldshausen, Kreis Hersfeld-Rotenburg	S. 117-121
Küferei, 2019, Bad Dürkheim	S. 123-125
Korbflechtmeister, 2019, Sterkelshausen, Alheim, Kreis Hersfeld-Rotenburg	S. 127
Der Holzschuhmacher, 2019, Schmechten, Brakel, Kreis Höxter	S. 129-133
Die Postbotin mit dem elektrobetriebenen Fahrzeug, 2019, Nentershausen, Kreis Hersfeld-Rotenburg	S. 135
In der Besenfabrik, 2020, Wildenau, Steinberg, Vogtland	S. 137-139
Harvester (Holzvollernter), 2019, bei Wippershain, Schenklengsfeld, Kreis Hersfeld-Rotenburg	S. 141
Sägewerk-Roboter für den passgenauen Abbund, 2019, Schemmern, Waldkappel, Werra-Meißner-Kreis	S. 143
Computergesteuerte Präzision	S. 144-145
Der Bahnübergang, 2019, Friedlos, Ludwigsau, Kreis Hersfeld-Rotenburg	S. 147
Holzschindelherstellung, 2019, Meiches, Lautertal, Vogelsbergkreis	S. 149
Radmontage, 2020, Bad Hersfeld	S. 151
Holztransporter, 2019, im Wald der Gemeinde Neuenstein, Kreis Hersfeld-Rotenburg	S. 153-155

Danksagung

Der Fachverlag Dr. Fraund dankt Dr. Michael Schupmann für sein großes Engagement bei der Zusammenstellung des Bildbandes, der Auswahl und Anordnung der entsprechenden Bildstrecken, der Aufbereitung des Bildmaterials von Georg Eurich sowie den fotografischen Brückenschlag in die heutige Zeit der Landwirtschaft und des Lebens auf dem Land. Der Familie von Georg Eurich danken wir für die Bereitstellung des historischen Bildmaterials.

Fachverlag Dr. Fraund

Die Fachverlag Dr. Fraund GmbH ist als renommierter Fachzeitschriftenverlag für die Landwirtschaft, Winzer und Kellerwirtschaft, Pferdezüchter und -sportler in regionalen sowie nationalen Märkten tätig.

Der Verlag wurde im Dezember 1946 durch die beiden Wirtschaftsjournalisten Dr. Aloys Bilz, Erich Dombrowski sowie Adolf Fraund und die "Mainzer Verlagsanstalt und Druckerei Will & Roth KG" in Mainz gegründet und firmierte zunächst als "Mainzer Zeitschriftenverlag Dr. Bilz & Co. GmbH". Adolf Fraund sowie Dr. Aloys Bilz waren die geschäftsführenden Gesellschafter. Bereits im Juli 1946 erteilte die französische Militärregierung die Lizenz für die Fachzeitschrift "Der Weinbau" und im August 1946 die Lizenz für das landwirtschaftliche Wochenblatt "Der Landbote". Im Oktober 1946 wurde dann der Verlagsbetrieb aufgenommen.

Nach verschiedenen Wechseln bei den Gesellschaftern, dem Ausscheiden der "Mainzer Verlagsanstalt und Druckerei Will & Roth KG" sowie dem Umzug nach Wiesbaden erfolgte in 1979 die Umfirmierung in "Fachverlag Dr. Fraund GmbH".

Die zunehmende Konzentration in der Agrar- und Weinwirtschaft führte im August 1987 dazu, dass die Landwirtschaftsverlag Hessen GmbH als Gesellschafterin beim Fachverlag Dr. Fraund aufgenommen wurde. Der Verlagssitz wurde wieder nach Mainz verlegt.

www.fraund.de